The Gullywasher

El chaparrón torrencial

written and illustrated by / *escrito e ilustrado por* Joyce Rossi

Luna Rising
*A Bilingual Imprint
of Rising Moon*

To my parents, Hazel and Harold Muller;
and to the cowboy poet Jack Walther, who inspired this story.

A mis padres, Hazel y Harold Muller;
y al vaquero poeta Jack Walther, quien me inspiró este cuento.

Special thanks to Dave and Diane Beling and Jane Smith of Safford,
Arizona; to Leticia Le Garda and her beautiful family of Fort Thomas,
Arizona; to Leticia's teacher, Pati Hinton; and to Jim and Natalie Brock
and Dorothy Miller of Verdi, Nevada.

Con mucho agradecimiento a Dave y Diane Beling y a Jane Smith de
Safford, Arizona; a Leticia Le Garda y a su hermosa familia de
Fort Thomas, Arizona; a la maestra de Leticia, Pati Hinton; y a Jim
y Natalie Brock y a Dorothy Miller de Verdi, Nevada.

www.lunarisingbooks.com

The paintings were done in watercolor on 300 lb.
Fabriano Artistico hot pressed paper.
The text type was set in Minion
The display type was set in Artcraft
Composed in the United States of America

Printed in China

FIRST HARDCOVER IMPRESSION, 1995

FIRST SOFTCOVER BILINGUAL IMPRESSION, 1998

ISBN 13: 978-0-87358-728-0
ISBN 10: 0-87358-728-6

Library of Congress Cataloging-in-Publication Data
Rossi, Joyce.
The gullywasher / written and illustrated by Joyce Rossi.
p.   cm.
Summary: Leticia's grandfather, who was a vaquero as a
young man, provides fanciful explanations for how he got
his wrinkles, white hair, round belly, and stooped frame.
1. Grandfathers--fiction. [1. Cowboys--fiction.
2. Storms--fiction. 3. Tall tales.] I. Title.
PZ7.R7215Gu   1995
[E]--dc20   95-16544

Date of Production : June 2012
Manufactured by : Shenzhen Wing King Tong Paper Products Co. Ltd. Shenzhen, Guangdong
Cohort : Batch 1

A Note from the Author / *Nota de la autora*

When the grandfather in this story was a young man, and for many years before, cattle roamed the western rangeland freely. Since there were few or no fences, cattle owners hired horsemen to tend their stock. These Mexican horsemen, called *vaqueros*, were the first cowboys (or buckaroos).

Life on the range was harsh. Among the greatest dangers were the gullywashers, or thundershowers, that struck during the spring and summer. These violent storms often caused flash floods and stampedes. But of all the cowboy's hardships, the greatest was loneliness.

There were times, perhaps during a roundup, when cowboys joined their fellow workers around a campfire to sing songs or tell stories. Some of their favorite tales were about men, like themselves, who faced difficult tasks. But in these tall tales, the hero always won. With each telling, the stories grew more outrageous. The storyteller would keep a straight face to convince the listener that the unbelievable story was true. This made the listener laugh even more.

Tall tales were sometimes called whoppers, windies, gallyfloppers, or yarns. They demonstrate how cowboys love to share laughter among friends, much as Leticia and her grandfather enjoy sharing *The Gullywasher.*

Cuando el abuelo de este cuento era joven, y desde muchos años antes, el ganado vacuno vagaba libremente por los llanos del oeste. Como no había muchas cercas, los ganaderos contrataban jinetes para cuidar su ganado. Estos jinetes mexicanos, llamados vaqueros, fueron los primeros cowboys (*o* buckaroos).

La vida en el llano era dura. Entre los peligros más graves estaban los chaparrones torrenciales que caían durante la primavera y el verano. Estas furiosas tormentas a menudo causaban riadas y estampidas de ganado. Pero de todas las penurias del vaquero, la más insoportable era la soledad.

A veces, durante el rodeo, el vaquero se reunía con sus compañeros alrededor de una fogata a cantar o a contar cuentos. Muchas de esas historias se trataban de hombres que, como ellos, tenían que lidiar con faenas difíciles. Pero en estos cuentos increíbles, el héroe siempre salía vencedor. Cada vez que lo contaban, el cuento se volvía más fabuloso. El narrador se ponía bien serio para convencer a su audiencia de que el cuento era verdad. Esto hacía que los oyentes se rieran aún más.

A estos cuentos a veces se les llamaba whoppers, windies, gallyfloppers *o* yarns. *Estas historias demuestran que a los vaqueros les gustaba compartir cuentos divertidos con sus amigos, así como a Leticia y a su abuelo les gusta compartir* El chaparrón torrencial.

Leticia and her grandfather watched the summer rain clouds drift across the southwestern sky.

"Now *that* was a gullywasher," said Abuelito. "We'd better wait a minute before we take our walk. It could start up again."

Leticia climbed onto the arm of the old stuffed chair.

"Look at me, Abuelito. Giddyap!" she shouted.

Leticia y su abuelo miraban cómo los nubarrones veraniegos se desplazaban por el cielo del suroeste.

—Ese *sí que fue un chaparrón torrencial* —dijo el abuelito—. *Tendremos que esperar un poco antes de salir a caminar. Podría empezar de nuevo.*

Leticia se trepó sobre el brazo del viejo sillón.

—Mírame, abuelito. ¡Arre! —gritó.

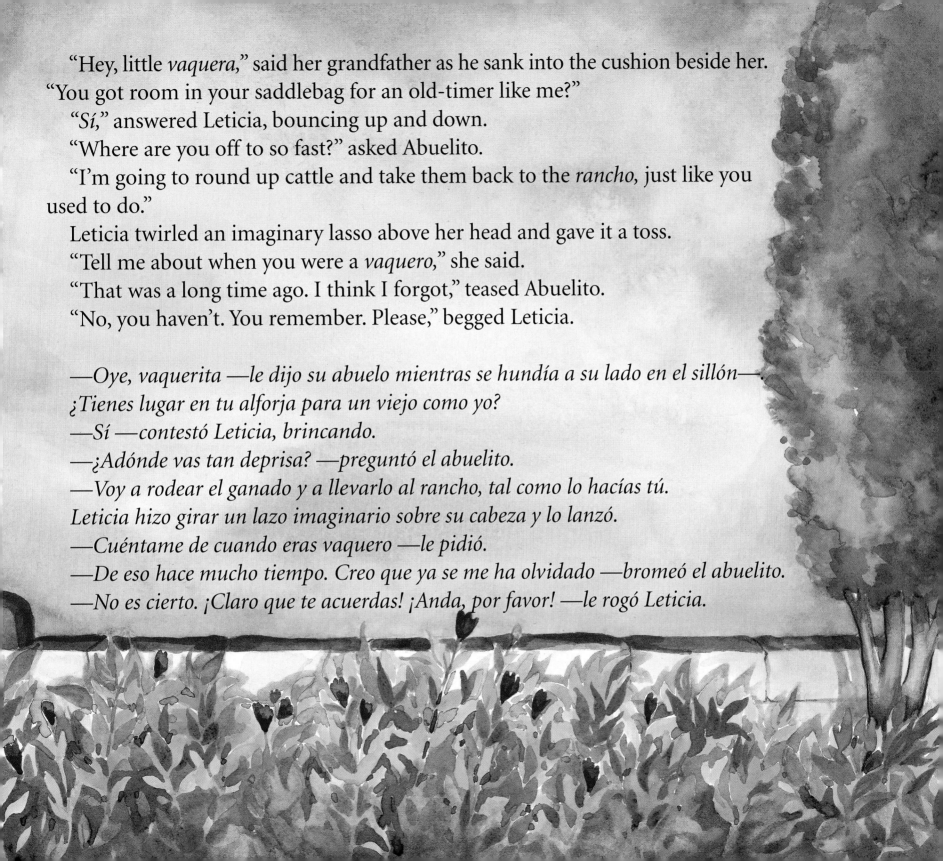

"Hey, little *vaquera*," said her grandfather as he sank into the cushion beside her. "You got room in your saddlebag for an old-timer like me?"

"*Sí*," answered Leticia, bouncing up and down.

"Where are you off to so fast?" asked Abuelito.

"I'm going to round up cattle and take them back to the *rancho*, just like you used to do."

Leticia twirled an imaginary lasso above her head and gave it a toss.

"Tell me about when you were a *vaquero*," she said.

"That was a long time ago. I think I forgot," teased Abuelito.

"No, you haven't. You remember. Please," begged Leticia.

—*Oye, vaquerita* —*le dijo su abuelo mientras se hundía a su lado en el sillón*—. *¿Tienes lugar en tu alforja para un viejo como yo?*

—*Sí* —*contestó Leticia, brincando.*

—*¿Adónde vas tan deprisa?* —*preguntó el abuelito.*

—*Voy a rodear el ganado y a llevarlo al rancho, tal como lo hacías tú.*

Leticia hizo girar un lazo imaginario sobre su cabeza y lo lanzó.

—*Cuéntame de cuando eras vaquero* —*le pidió.*

—*De eso hace mucho tiempo. Creo que ya se me ha olvidado* —*bromeó el abuelito.*

—*No es cierto. ¡Claro que te acuerdas! ¡Anda, por favor!* —*le rogó Leticia.*

"Ohhhh, yes," began Abuelito slowly. "I remember a spring day, many years ago, when the biggest gullywasher ever came my way. I was searching for stray cattle just south of here. The sky turned dark as night. Dust devils came whipping off the mesas, blowing my sombrero high up into the sky. The rain began. And it wouldn't stop.

—Ahhhhhh, sí… —empezó el abuelito lentamente—. Recuerdo un día de primavera, hace muchos años, cuando cayó el chaparrón más fuerte que jamás había visto. Estaba buscando ganado que se había descarriado justo al sur de aquí. El cielo se puso oscuro como la noche. Los remolinos venían azotando desde las mesetas, y se llevaron mi sombrero volando. Entonces empezó a llover; a llover sin parar.

"I looked for shelter, but there wasn't any. I had to let the rain wash over me.

"After the storm was finally over, I saw how the water had wrinkled my hands. When I looked at my reflection in a water hole, I could see that the rain had wrinkled my face, too. And that's the way I've looked ever since."

—Busqué un sitio donde refugiarme, pero no lo encontré. Tuve que resignarme a que la lluvia me empapara.

—Cuando por fin terminó la tormenta, vi que el agua me había arrugado las manos. Cuando vi mi reflejo en el pozo, me di cuenta de que la lluvia me había arrugado también la cara, y desde ese día quedé así, arrugado.

Leticia laughed. She reached over and ruffled her grandfather's fluffy white hair.
"And how did you get this?" she asked.
"I climbed back on my horse and rode until I was too tired to go on.
I stopped to take a *siesta* in the shade of a palo verde.

Leticia se rió. Se inclinó hacia su abuelo y le acarició el sedoso cabello blanco.
—¿Y cómo fue que se te puso el pelo blanco? —le preguntó.
—Monté en el caballo y cabalgué hasta que estaba tan cansado
que ya no podía más. Me detuve para dormir una siesta a
la sombra de un palo verde.

"While I slept, a hummingbird began to take strands of my hair to make a nest. That *pajarito* was so gentle and quiet, I never woke. One by one it plucked the dark-colored hairs, but it left all the white ones for me."

—*Mientras dormía, un colibrí empezó a quitarme cabellos para hacer su nido. El pajarito fue tan suave y silencioso que ni siquiera me desperté. Uno por uno me arrancó los cabellos oscuros, pero me dejó todos los blancos.*

Leticia giggled and patted her grandfather's round belly. "Now, tell me how you got this."

"I was very hungry when I woke up. But I had no food, so I rode on until I came to a village. There, an old woman was sitting in front of her house, grinding corn on her *metate*. I asked her if she could spare a handful, and she gave me some of the hard kernels.

Leticia se rió y le acarició la redonda barriga. —Ahora, dime ¿cómo te creció la barriga?

—Tenía mucha hambre cuando me desperté, pero como no tenía comida, cabalgué hasta que llegué a un pueblo. Allí encontré a una viejita que estaba sentada delante de su casa moliendo maíz en el metate. Le pregunté si podía darme un poco, y me dio unos cuantos granos duros.

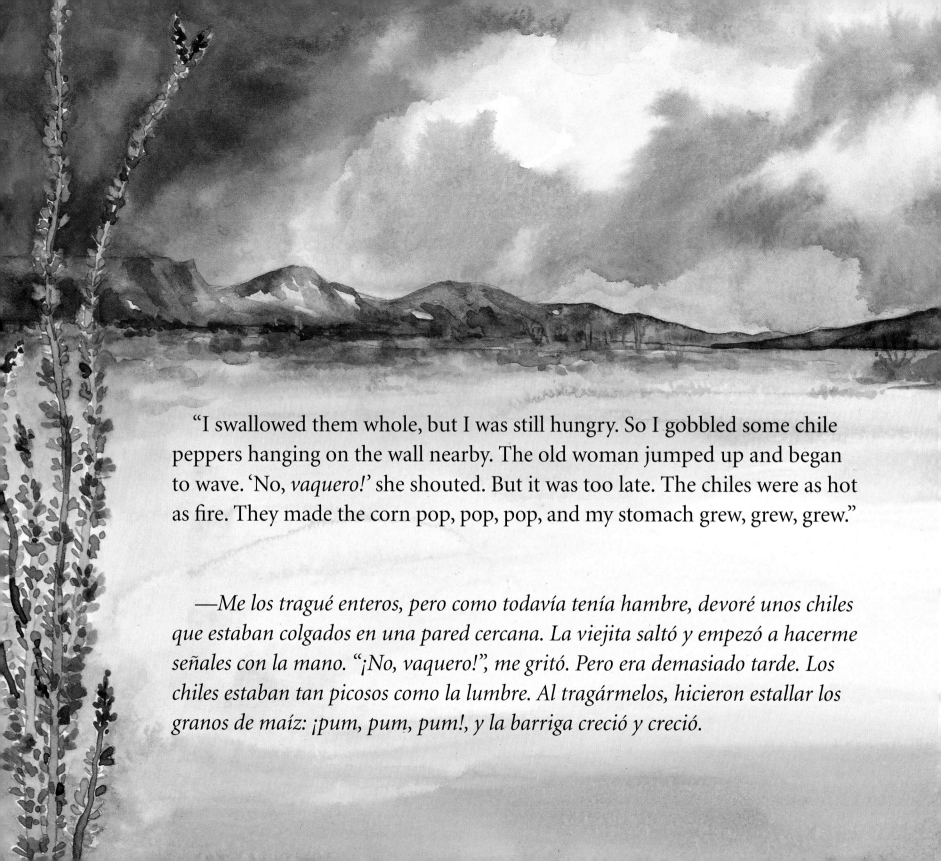

"I swallowed them whole, but I was still hungry. So I gobbled some chile peppers hanging on the wall nearby. The old woman jumped up and began to wave. 'No, *vaquero!*' she shouted. But it was too late. The chiles were as hot as fire. They made the corn pop, pop, pop, and my stomach grew, grew, grew."

—*Me los tragué enteros, pero como todavía tenía hambre, devoré unos chiles que estaban colgados en una pared cercana. La viejita saltó y empezó a hacerme señales con la mano. "¡No, vaquero!", me gritó. Pero era demasiado tarde. Los chiles estaban tan picosos como la lumbre. Al tragármelos, hicieron estallar los granos de maíz: ¡pum, pum, pum!, y la barriga creció y creció.*

"Pop, pop, pop," said Leticia, jumping off the chair and hopping around the porch. "Look, the clouds are going away. Let's go for our walk now. I'll pull you up."

The smell of the damp desert was strong and sweet. Leticia jumped over the puddles and skipped circles around Abuelito as he moved slowly down the road.

—¡Pum, pum, pum! —dijo Leticia, saltando del sillón y brincando por la terraza—. Mira: las nubes están desapareciendo. Vamos a caminar. Yo te ayudo a pararte.

El olor del desierto húmedo era fuerte y dulce. Leticia brincaba por encima de los charcos y saltaba en círculos alrededor del abuelito, mientras él se movía lentamente por el camino.

"Abuelito, why are you so bent over?" asked Leticia.
"Did that also happen on the day of the big gullywasher?"
    "As a matter of fact, it did," said her grandfather.
    "I climbed onto my horse to begin the long journey
home. But the horse was tired and wouldn't budge. I tried
to push him and I tried to pull him, but he stood solid as
a mountain."

—Abuelito, ¿por qué estás tan encorvado? —le preguntó
Leticia. —¿También te pasó eso el día del chaparrón torrencial?

—Pues, la verdad es que sí —le contestó el abuelito.

—Monté en mi caballo para empezar el largo camino de
regreso a casa. Pero como el caballo estaba cansado y no quería
moverse, tuve que desmontar para empujarlo y hacerlo
andar. Por mucho que lo intenté, el caballo se quedó
en su lugar, quieto como una montaña.

"What did you do?" asked Leticia.

"Well," said Abuelito, "I swung that *caballo* over my shoulders and carried him all the way home on my back."

—¿Entonces, qué hiciste? —le preguntó Leticia.

—Pues —dijo el abuelito—, me eché el caballo sobre los hombros y lo cargué todo el camino hasta llegar a casa.

They stopped to rest at the mission. Leticia became very quiet.
"What's the matter?" said Abuelito. "It's not like you to be so still."
"Does it make you sad to be bent over?" Leticia asked.
Abuelito thought for a minute.

*Leticia y su abuelo se detuvieron a descansar en la misión. Leticia se
quedó muy callada.*
   *—¿Qué te pasa? —le preguntó el abuelito—. No sueles estar tan
callada.*
   —¿Te sientes triste de estar encorvado? —le preguntó Leticia.
   El abuelito se quedó pensado.

"No, little *vaquera*," he said as they began their walk home. "It makes me closer to you." And he stooped, just a little, to kiss her forehead.

—No, vaquerita —le dijo mientras comenzaban su regreso a casa—. Porque, de esta manera, estoy más cerca de ti. —Y se agachó, sólo un poquito, para besarle la frente.

Glossary

Here are some Spanish words and their pronunciations to help you enjoy this story. By the way, Leticia's name is pronounced *leh-TEE-seeya.*

Abuelito (ah-bway-LEE-toh). Dearest grandfather.

caballo (kah-BAH-yoh). Horse.

mesa (MEH-sa). A plateau or flat area of land. *Mesa* also means "table" in Spanish.

metate (meh-TAH-tay). A flat stone upon which corn and other grain may be ground into flour.

pajarito (pah-hah-REE-toh). Little bird.

palo verde (PAH-lo VER-day). The palo verde is Arizona's state tree. *Palo* is the Spanish word for "stick" and *verde* is the Spanish word for "green".

rancho (RAHN-cho). Ranch.

sí (SEE). Yes.

siesta (see-ES-ta). An afternoon nap.

vaquera (vah-KEH-ra). Cowgirl.

vaquero (vah-KEH-ro). Cowboy.

JOYCE ROSSI was inspired to write her first children's picture book by her childhood heroes, Paul Bunyan, Davy Crockett, and Johnny Appleseed. Believing nothing was impossible, these characters always responded to their challenges in imaginative and humorous ways.

Although *The Gullywasher* is the first book she has written, Joyce previously illustrated *Winker, Buttercup and Blue,* by Arlene Williams (Waking Light Press).

Joyce lives in Verdi, Nevada, with her husband, Lou. She is a graduate of the University of Nevada, Reno, with a degree in elementary education. She currently teaches art to children and adults in her home. Besides traveling, she and her husband enjoy hiking in the beautiful Sierra Nevada Mountains.

Para escribir su primer cuento ilustrado para niños, JOYCE ROSSI *se inspiró en los héroes de su niñez: Paul Bunyan, Davy Crockett y Johnny Appleseed. Como creían que nada era imposible, estos personajes siempre afrontaban cualquier dificultad con imaginación y humor.*

Aunque El chaparrón torrencial *es el primer libro que ha escrito, Joyce ilustró* Winker, Buttercup and Blue, *escrito por Arlene Williams* (Waking Light Press).

Joyce vive en Verdi, Nevada, con su esposo, Lou. Se graduó en la Universidad de Nevada, Reno, especializándose en educación primaria. Da clases de arte en su casa a niños y adultos. Además de viajar, a ella y a su esposo les encanta caminar por las hermosas montañas de Sierra Nevada.